oluwa seyi

nasceu em São Paulo, na década de 1990. Possui graduação e mestrado em Letras (USP) e atualmente desenvolve pesquisa de doutorado sobre a representação dos orixás na literatura. Publicou o zine *estudo poético do corpo* (2021) e tem poemas, contos e artigos publicados em revistas e antologias literárias e acadêmicas. Escreve desde que se recorda e não consegue imaginar-se longe do lugar de produtora, apreciadora e crítica de literatura.

O QUE HÁ DE AUTÊNTICO EM UMA MÃE INVENTADA

oluwa seyi

editora Urutau
primeira edição
2022

O —

editora Urutau

rua do cajú, 478,
jardim das cerejeiras
06724-015
cotia-sp (brasil)

rua manuel pacheco nobre, 128 - 5º esquerdo
2830-080
barreiro (setúbal)
portugal

[+351] 928053619 [portugal]
[+55] 11 9 4859 2 426 [brasil]

www.editoraurutau.com.br
contato@editoraurutau.com.br

[EDITORES]
tiago fabris rendelli & wladimir vaz
[COORDENAÇÃO DE REVISÃO]
debora ribeiro rendelli
[REVISÃO]
juliana palermo
[DIAGRAMAÇÃO]
victor h. azevedo
[CAPA]
victor h. azevedo, sobre fotografia de muhammadtaha ibrahim ma'aji

dados internacionais de catalogação na publicação (CIP) de acordo com ISBD

S519q seyi, oluwa
o que há de autêntico em uma mãe inventada / oluwa seyi. - cotia: urutau, 2022.80 p. ; 14cm x 19,5cm.

ISBN: 978-65-5900-370-9

1. literatura brasileira. 2. poesia. I. título.

2022-3262 CDD 869.1
CDU 821.134.3(81)-1

elaborado por odilio hilario moreira junior - CRB-8/9949

sumário

[prefácio]

Como nascem as estrelas?

Para formá-las, é necessário calor e movimento, aspectos que não faltam à escrita de Oluwa.

A mim me encanta e ensina a coragem de minha amada amiga em dar à luz universos inteiros com sua poética corporificada de mulher parida. *o que há de autêntico em uma mãe inventada* é brilhante desde a concepção até o partejo, e seu esplendor radiante se faz a despeito de toda a ansiedade que o colo vazio do mundo concerne à nossa eterna espera, a inquietude de ser apenas devir.

Leva muito tempo para se gestarem as estrelas. São compostas também de poeira, peso e leveza, e é no entremeio e na pluralidade da vastidão do cosmos em fecundação pela deusa-átomo que se mobiliza este antigo areal. Um corpo-fluido que se percebe pelas frestas em que as cores da luz estelar difratam. É compreensível que também o seja sua grafia, pessoal e intransferível, real poemário intergaláctico. Oluwa remexe cada canto dos nossos sistemas em berçário, as nebulosas criadas pelo úmido cubículo do nosso ser, a fim de nos brindar com o que de mais raro a atual constelação de poetas brasileires tem a oferecer.

Imbricam-me planetas em sonho, pois acordada rodeio-me de corpos celestes com tamanha magnitude que impossibilitam a inércia estática. Oluwa é, dentre esses, a figura mais magnética. Estrela ascendente em um mundo decaído, Oluwa e sua escrita nos convidam à esperança que só pode vir com calor e movimento. A dança cósmica orquestrada pela música íntima que também ressoa em tudo aquilo que nutre e pulsa, a sina mais profana e divina. Atento: aqui neste espaço não é possível afetar-se pela metade.

Em meio a esta hidrosfera amniótica produzida pela poesia uterina da autora, ouvimos o segredo das semeadoras e aprendemos a apreciar até os incêndios anunciados (afinal, de combustões e combustíveis se formam as mais belas galáxias). Uma audição seletiva talvez nunca compreenda a real importância dos parênteses que as vocalidades deste livro nos convidam a apreciar em sinfonia: o som não corta o vácuo, mas preenche o cheio (de calor e movimento) do qual este livro é feito e é fruto. Aqui contemplamos a estufa-humana que é também manjedoura de protoestrelas. Constelação feita, convido a quem lê comigo a pegarmos nossas lunetas e mirarmos alto.

Falo de cima para falar de dentro. O útero: céu estrelado; a página: fecundação deferida; o livro: constelação plena; a gestação: tão carnal quanto celestial.

É indissociável para mim o ventre que pare este livro da mulher que vemos nascer na escrita. Das mulheres. Mães plurais e distintas. Mães zelosas, mães arrependidas. De Iemanjá à menina de jamais, tudo neste corpo-texto se faz culpa desse amor de Oluwa em transformar qualquer mínima poeira estelar em tracejado rotativo, translativo. Esse percurso gravitacional segue a pulsão do gene dominante dessa mãe real e fictícia. Rebento de Oxum em pleno estado de graça, este livro e sua autora banham-se de fartura, pois a escrita dourada aqui condensada em nuvens de palavras vem acolher a todas as mães do mundo, e toda a criança interior, material ou imaginada, que em cada uma delas habita.

Aflita, fiz da escrita ninho e entrei em puerpério que parecia eterno. Questionei-me se estaria ainda apta a empreender a honra de elaborar um prefácio para uma cria já tão vistosa sem nenhuma influência da "tia". Cometa errante, tive medo de ser asteroide em colisão, causar ruído, não estar à altura dos quasares aqui construídos. Retomei a respiração e lembrei-me das motivações que trazem a potência destas escritas-filhas. São forças motrizes, geradoras, pulsantes, vivas. Constituídas de calor e movimento. Fui atraída a ser satélite, pela força gravitacional das composições de tamanho feitio, e, assim sendo, meu regato desaguou no rio, e só posso ser grata a Amiri, Ashanti, Safiya, Rakim por serem família futura de seus irmãos de brochura, cujo primogênito trazemos nas mãos, aos quais todos pretendo estender meu olhar afetuoso de madrinha, como Oluwa o é e sempre será das minhas próprias crias.

Preocupamo-nos com o gestar e o nascer, e como de súbito entramos no buraco negro de refletir sempre em posição de defesa acerca de como deixaremos de existir. Estrela que é, afirmo aqui que Oluwa e seus conglomerados tardarão a sumir, pois assentam-se na literatura brasileira com a pujança de uma bolsa estourada: não pode mais tardar em florescer ao mundo sua luminosidade, anos-luz à frente do nosso tempo. Celebremos, então, este evento astronômico que é o surgir de o que há de autêntico em uma mãe inventada, e a inscrição eterna de sua mãe peixinha-dourada nas cartas celestes de artistas brilhantes publicadas.

Lara de Paula Passos

Poeta e arqueóloga. Graduada, mestra e doutoranda em Antropologia pela UFMG. Autora de *Nuvilíneas* (2021) e *Por um fio* (2021). Está publicada em diversas coletâneas literárias.

foi de mãe todo o meu tesouro
veio dela todo o meu ganho
mulher sapiência, yabá,
do fogo tirava água
do pranto criava consolo

Conceição Evaristo

antes: um breve preâmbulo

há pouco mais de um ano, concluí o processo de escrita mais longo e complexo da minha vida. uma escrita que me propiciou (mais um) encontro com Oxum, a Dona da minha cabeça, da minha sensibilidade e, por consequência, da minha poesia. escrever uma dissertação sobre, com e para a deusa dos ventres, como confessei à poeta e amiga Zainne Lima, afluiu e nutriu minha maternidade simbólica. e é daí que nasce *o que há de autêntico em uma mãe inventada*: da fagulha dourada, generosa e fértil que mora em mim.

nas páginas deste livro de poesia, não há uma ideia fixa ou mesmo tradicional de maternidade. há, sim, o sonho de ser mãe, mas também a recusa, o medo e as dúvidas de sê-lo; encontra-se a mãe que espera, que posterga, que talvez nem seja mãe... mas esta é a mãe que posso ser, e já é suficientemente emocionante carregar tal potência.

apresento este conjunto de poemas como tudo que já escrevi e está no mundo. são filhos de papel e versos, pedaços enormes do meu corpo, da minha razão e daquilo que é mais pulsante e sensível em mim: "tenho partejado palavras".

ora iê iê ô, Oxum que jamais faltou.

O COLO VAZIO

espera

a incontornabilidade do arroz no fogo
a pressa das roupas por serem lavadas
a grosseria dos cômodos exigindo varrição
os prazos que esmurram as portas de casa

a demanda do animal
em sua água-comida-carinho inadiável
pontual
até o amor solicitante
sem hora, mas diário
em busca de mim inteira

o plano de ser grande
a esperança de ser favorita
o sonho de ser indispensável

tudo precisa de mim
nada, porém, me (a)guarda

a intransigência das obrigações
o nem sempre dormir
porém nunca deixar de acordar
e estar a postos

mesmo a poesia me cobra presença
e eu cuido dela com afeto
porque é a única demanda que não me mastiga

mas eu, o trato fútil e demorado de mim mesma
isso sempre sabe esperar

ansiedade

moro no futuro de favor
e vivo corroída pelo temor
de a qualquer momento
ser despejada

o tempo me cobra o impagável
aluguel imensurável
e eu vou entregando como garantia
pedaços da minha sanidade

esta casa que me prende
não é confortável ou quente
mas não sei abandoná-la:
é minha própria carne

a importância dos parênteses

cabelos arrumados
(pensamentos confusos
ansiedade)
olhos pintados
(lágrimas guardadas
olheiras escondidas)
boca colorida
(palavras não ditas
beijos à força)
pescoço perfumado
(garganta seca
voz engasgada)
seios grandes
(coração acelerado
mágoa sem fim)
cintura fina
(dietas desnecessárias
estômago faminto e dolorido)
sexo atraente
(sem libido
a maternidade em suspensão)
pernas torneadas

(o desejo da fuga
o intento do chute):

o que escondem os parênteses do seu corpo?

pessoal e intransferível I

partida.
dilacerada.
faltando pedaço.
cada morte com a minha cor
é a minha morte também
paga em prestações.
com juros impraticáveis
injustos
prazo a perder de vista.
eu prometi pro Emicida que não morreria este ano
mas eu morro desde África
antes da minha primeira mais velha
aportar nesta terra
que foi arada pelas nossas mãos
e adubada pelo nosso sangue.
eu morro antes do útero genitor
tocado por Oxum
cabaça de Ìyá mi.
eu venho morrendo todo dia
e devagar
a cada correr de olhos pelas notícias
a cada grito de tristeza e ódio
engasgado

porque não posso mais gritar.
desaprendi, do grito, tudo.
mortos não sabem gritar:
e eu só tenho sabido morrer.

somos todos quem, amanhã?

pessoal e intransferível II

não tenho tristezas para relatar
ainda que o amor viva em fuga
e a redenção soe impraticável
prefiro não iluminar o que me aflige

não tenho feridas para mostrar
ainda que o corpo todo sangre
e a cura pareça distante
prefiro não contemplar o que me dilacera

não tenho crianças roubadas para chorar
ainda que meu útero todo dia reclame
e diga seu sofrimento em forma de coágulos
prefiro não salientar o que me extermina

não tenho passado para ressuscitar
ainda que a escravidão tenha sido ontem
e a liberdade seja, ainda, um projeto mal executado
prefiro não fazer coro ao que me aprisiona

hoje, minha dor não vem:
falem vocês das próprias desgraças

menina de jamais

sou velha desde muito antes do útero
e por sob a pele aveludada de rebento recente
eu já trazia a tez vincada, antiga

minhas primeiras palavras não foram as primeiras
e meus primeiros passos foram a repetição de outros
muito anteriores

o sangue que minha menarca liquefez depois
no início de minha puberdade
era o mesmo que minha menopausa ressequiu antes
no início de minha velhice

todos os meus amores não me surpreenderam:
é difícil galantear mulheres que já viveram tanto
mesmo se o rosto nega

enquanto meu corpo envelhece
e minha idade aparente persegue minha antiguidade escondida
minha condição lentamente desabsurda-se
mas é apenas rodeada pela natureza que sou menos anciã
apenas em relação ao essencialmente longevo
eu posso vislumbrar um traço de juvenilidade em mim

talvez apenas no flerte com a morte
na dança com essa definitiva idosa, eterna
eu possa finalmente ser a menina de jamais.

poemário

desde tenra idade
eu sou um amontoado de cacos
lascas coloridas
retalhos que lembram algo:
uma bagunça relativamente controlada

quebrei-me muitas vezes
depois catei os pedaços teimosos de mim
até aqueles sem conserto
avermelhados
irreversivelmente livres

guardei todas as minhas arestas
e recusei-me a lixá-las
porque, mesmo na iminência do corte,
ainda me pertenciam
balbuciavam sobre minha parca humanidade

desde tenra idade
tenho colhido aquilo que me pesa
e assentado num acervo de imperfeições
quem diria que tantos destroços
derivariam nos meus mais sofisticados poemas?

FECUNDAÇÃO

música íntima

antes de dar forma ao corpo
Oxalá criou a música
a música tem sido o topo
a base, o núcleo e a faísca

da vida e de sua estrutura

antes de conceber a alma
Oxalá criou a música
a música tem sido a flama
a base, o núcleo e a faísca

da vida e de sua candura

antes de possibilitar a razão
Oxalá criou a música
a música tem sido a condição
a base, o núcleo e a faísca

da vida e de sua fartura

no ponto mais central da existência
há o som original

aquele que alimenta a ciência
motiva o carnaval
inspira a prudência
institui o amor incondicional

a humanidade, em seus sonhos
é animada pelo som de uma música
a música interior

e se a música íntima cessasse
nada mais dançaria

incêndios anunciados

todas as minhas paixões ganharam poemas
canções
manifestos:
eu tinha o afã de dizer.

depois do fim
minhas palavras foram a única prova
ou lembrança
da pequena fagulha
que acendeu e apagou em mim.

nenhum dos meus amores, porém, ganhou um rabisco
um acorde
um comunicado:
jamais precisei dizer qualquer coisa.

depois do fim
meus olhos não esconderam
meus movimentos deixaram saber
tudo em meu corpo disse por mim
"sou uma mulher que acaba de ser incendiada por um fogo
[inextinguível".

poesia uterina

desde o início da adolescência
em dado dia do mês
sinto pontadas sutis no pé do ventre

muitos anos depois, eu soube:
algumas mulheres recebem de seu corpo
notícias do momento exato da ovulação

eu sei
porém
que não sou uma dessas mulheres

a pontada sutil que sinto no pé do ventre
é, de fato, a prática de uma comunicação orgânica:
uma nota mensal
da feracidade em abundância

no entanto, meu útero testemunha
"desta vez não proverei criança;
estou deveras ocupado
nutrindo a nossa melhor poesia"

devir

a Hussani Oliveira, minha melhor aposta

a mais bela canção de amor já feita
ainda é apenas sonho e murmúrio

o poema incontornável de resistência
brotará, quando pronto, de um ferido casulo

a certeza, em coro, de que tudo se ajeitará
talvez tarde, mas confio que chegue:

minha prova de perdão à humanidade
(se meu peito um dia for capaz de tanto)
terá carne, osso, pele preta e nosso sangue em um só.

gene dominante

a Paulo Sérgio, motivo da minha maior saudade

não foi a tristeza
a dor da perda
a falta de rumo
que me impediram
de te dizer aquele adeus:
foi a certeza de que não precisávamos de despedidas

trago suas sementes comigo
e um dia reverei seus olhos
nos olhos de algum filho meu

antigo areal

plantei uma muda de coragem
no maior e mais bonito vaso que encontrei
vivi o sonho de ver a coragem crescer
resumi tudo ao sucesso daquele plantio

metade de toda minha água
era destinada ao broto
metade de toda a minha comida
era do broto também
até se eu sangrasse
verteria meu sumo na terra

a planta porém jamais floresceu
morreu antes de nascer
porque coragem
— eu soube mais tarde —
só cresce em condições adversas

depois de tanta doação
de tanto esturricar minha própria terra
de não me importar com a aridez de dentro
em nome da umidade alheia

a coragem finalmente nasceu
mas no antigo areal do meu coração

o vaso bonito agora sou eu

o segredo das semeadoras

às escritoras negras, espelhos e faróis,
que desabsurdaram a imagem de uma
mulher preta munida de caneta

por costume, eu carregava versos anêmicos
um minúsculo arbusto de galhos tristes
que me prometiam que cresceria
se eu o regasse cotidianamente

então, reguei o arbusto por meses a fio
com água salgada e fervente
— a água mais fácil de achar —
mas o projeto de árvore seguia acanhado e taciturno
rimava, quando podia, apenas o mais aparente das coisas
não aprendeu a dizer as palavras que eu lhe repetia

pendia, num tênue fio, entre a vida e a morte

vendo minha angústia
e o estado quase irrecuperável de meu arbusto
um grupo incontável de semeadoras de árvores poéticas
aproximou-se de mim e confiou-me um segredo:

"decante a água salgada em suas mãos
filtre as impurezas nas curvas de seus cabelos

deixe que ela se esfrie dançando em sua língua
e só então regue seu arbusto!
talvez ele seja para sempre miúdo
mas nunca mais amargurado
nunca mais emudecido"

como recomendado, ignorando as queimaduras
dei corpo ao ritual
e em pouco tempo meu arbusto abriu-se em flor

nunca tive a chance de agradecer àquelas mulheres
que me ensinaram sobre cultivo
— de plantas e de poemas —
mas levo comigo vários de seus livros-sementes
e o maior dos ensinamentos:
a água importa, mas é a devoção
— às plantas e aos poemas —
que faz germinar

VENTRE

mulher

vesti vermelho vivo, do salto à calcinha
brindei gostosamente sozinha
bebi uma garrafa daquela espumante docinha
e dediquei meu sucesso à pombogira Rainha

saí de casa convicta a honrar a vida que tinha
dancei, beijei, me diverti, perdi a linha
fiz o que era bom e também o que não convinha
fiz tudo o que quis fazer, porque a decisão era minha

fui mulher
sou mulher
serei, pelos séculos, a mulher da minha vida

fruto

se meu ventre for para sempre moringa perfurada
se meu seio for todo carne, nunca leite
se meu colo for um constante vazio
indivisível
definitivo
ainda assim, não duvidarei do meu germe

coleciono dedos prenhes
e meu corpo vigia crianças
que mesmo concebidas de faz-de-conta
jamais desistiram de nascer:
tenho partejado palavras

quando escrevo, repovoo ruínas
e minhas linhas dançam
porque transvazo
minha própria força vital
em todos os pedaços de papel que me encontram

quando emudeço, visto-me de escombros
e o mundo torna-se um velho por condição...
vida estagnada apodrece
e se eu permitisse tal estrago

duvidaria do germe
— deste meu primordial e imperativo germe —
que não nasceu de mim
mas me dá à luz ao fim de cada verso

audição seletiva

meu ventre tem
a seu modo
me falado de crianças

eu tenho
a meu modo
fingido não ouvi-lo.

Iemanjá

à Zainne Lima, a outra mãe
de vários dos meus poemas

chorarei quando me souber grávida
serei grosseira em toda celebração
sofrerei a cada mês que se passar
rejeitarei qualquer presente, até o mais bonito
me furtarei à escolha de nomes
me ausentarei em meu próprio chá de bebê

desejarei, no íntimo, jamais dar à luz
ser gestante por condição
não por estado
inteirar anos prenha
sem planos de parir

rogarei a Iemanjá para parecer-me com ela
— mãe que guarda a prole em si —
e ser, eu mesma, uma casa permanente, trancafiada

me recusarei ao parto
lutarei com as contrações
e suturarei com fios de cabelo minha própria dilatação:
meu útero será inatacável

chorarei quando me souber grávida
porque meu país mata por capricho
criança que ousa nascer preta.

Amiri, Ashanti, Safiya, Rakim

quando meu sangue menstrual esqueceu-se de fluir uma vez
glorifiquei e esconjurei minha própria fertilidade
abençoei e temi
às vezes no mesmo pensamento
aquelas supostas crianças
e no mais fundo de mim passei a rezar os nomes que eu lhes daria

quando meu sangue menstrual revisitou-me
só metade da minha boca sorriu:
a outra metade ficou firme na ladainha dos nomes
— Amiri, Ashanti, Safiya, Rakim:
meu corpo precisava dizer, por fé ou teimosia

quando meu sangue menstrual esqueceu-se de fluir
por infinitas vezes
eu tive certeza de que era castigo
será que o praguejo foi eficiente?
a bendição me falhou?

temo agora, mais do que em qualquer dia e a qualquer coisa temi
que a última visita do sangue menstrual
tenha sido a morte da mãe que eu seria

todos os dias, canto os mesmos nomes
de uma possível descendência negra
e rogo para não ser guarida de um útero que só existe pra doer

Amiri, Ashanti, Safiya, Rakim

hidrosfera amniótica

à Rosemeire Salles, de quem herdei o
temor — e o fascínio —
pelas águas do mundo

sempre tive medo de muita água
um inominável pavor de flutuar
e perder o controle que julgo possuir

temo um dia deixar-me ir
e as águas nunca me deixarem voltar

(talvez só depois de 9 meses
já no colo de outra mulher a quem direi "mãe")

peso e leveza

entre nós há o mundo inteiro
e seu barulho
as pessoas imersas à pressa
presas às nove
e mais presas ainda às dezoito

entre nós há o incontável
borboletas, portas fechadas, o azul
há até aqueles que desistiram de estar aqui
e tudo parece se expandir

entre nós há quase tudo
mas se eu fecho os olhos
sinto o peso e a leveza de sua mão

sinto você deixando suas digitais
em todo canto da minha pele

e quando te sinto, enfim, não há mais nada entre nós

PARTEJO

metade

a exaustão de minhas pernas
não denuncia que cresci
ou que me dupliquei

na verdade, é meu corpo reclamando
por ter diminuído
e só conseguir ser metade

sina

apavora-me a ideia de ser nada mais que polpa da fruta
— colorida, doce e bonita —
mas resumida a proteger a posteridade
atrair aves, em sua ambiguidade
nutrir, parir a semente
e morrer podre em nome de um velho ciclo

somente

estufa-humana

movi o fígado alguns centímetros do lugar de antes
espremi os pulmões contra as costelas
descartei um dos rins, talvez o mais eficiente
cortei um bom pedaço do pâncreas
compactei o coração, já vacilante
projetei-me estufa-humana
e no espaço então vazio do meu corpo
assisti a brotar uma flor
no nada
sem terra ou semente programadas
nunca antes vista
de cor indefinida
ainda sem nome
não catalogada
nasceu de parto natural

no entanto, não dei à luz:
floresci.

mulher parida

durante a gestação
a mulher negou-se às fotos
escondeu o corpo mudado pela espera
encobriu o motim das entranhas
quase teve vergonha da gestação longa,
aniversariante
indisfarçável

durante a gestação
a mulher colheu
de gota em gota
cada manifestação dos próprios fluidos
(saliva
sangue
suor
gozo)
e transmutou tudo
através da magia específica de fêmea
em líquido amniótico
água essa que nutriu a criança
facilitou o parto
e tornou a terra benfazeja

de novo

hoje, as águas da mulher parida aguardam
profundas e quase silenciosas

não dormem, porém
porque são águas de mulher parida

úmido cubículo

meu chuveiro é espaço de criação
de criança e criatividade
sob o chuveiro, muitos de meus filhos nascem
foi lá que ensaiei o parto do meu melhor poema:
foi no chuveiro que ele coroou
e balbuciou seus primeiros versos

o vidro, os azulejos e a água
simulam uma porta para fora
e se adentro o úmido cubículo
nunca estou de fato nele
se adentro o úmido cubículo
é quando de fato ganho o mundo

meu chuveiro é data e hora marcadas:
nele, tenho encontros de mim comigo mesma.

corpo-fluido

às mais velhas que carrego em germe e gota,
mesmo as que não conheci

os poemas que me vazam feito lágrimas
são a prática da revolta do corpo
lentos e incompreensíveis, invadem minha noite
fazem-me fugir de jantares românticos
ou de reuniões de trabalho
mas ainda que sejam sempre confundidos com tristeza
recorrentemente são apenas resposta nerval de olhos cansados

os poemas que me irrompem feito saliva
estão em constante e acelerada produção
molham, sem distinção, qualquer palavra minha
até as juras de amor fiel
escapam da boca por ato falho
e quando são propositais
brotam de um ódio poucas vezes perdoável

os poemas que me inundam feito suor
causam constrangimento desde o início da puberdade
nascendo pelas crateras da minha carne
sem acordo ou permissão
denunciam mais que calor:
são testemunhas do que aprendi a gritar
sobretudo em silêncio

os poemas que me fogem feito sangue
por agulhas
nas feridas
entre as pernas
são a chave — e a tranca — da vida
apesar de subterrâneos e tímidos
pintam as veias da humanidade toda da mesmíssima cor

os poemas que me umedecem feito gozo
dançam comigo quando estou estática
acompanham-me na solidão mais íntima
e mesmo no breu
tateiam o caminho de volta pra mim
enquanto transfiguram-se em som:
metrificam os decibéis do prazer

os poemas que me lavam feito líquido amniótico
são, em essência, insólitos
pacienciosos, mas pontuais
germinam do corpo como um susto
anunciando uma nova ordem do dia
trazem, em seu rastro, a maior dor dentre as dores:
a de perceber-se despedaçável

os poemas que me batizam feito leite do peito
esbranquiçam meu seio para sempre negro
e inauguram sentimentos sem nome
talvez até sem precedentes
sopram ao pé do meu ouvido

que ser alimento é ser divindade:
é descobrir o que guarda a cabaça das Iabás.

rebento

rebentei:
era poema.
mas não doeu
— eu sou poeta

* * *

REBENTO

cores

dar amor
fez-me ver as cores do mundo
receber amor
fez-me ver minhas cores também

aceitar que o maior amor
que eu poderia possuir
seria o meu próprio
forneceu-me uma caixa de aquarela infinita
intuição de pintora
e certa vontade fundamental de colorir:

desde então
nada dentro ou ao redor de mim
pôde seguir cinza

entremeio

a poesia, um pobre barco a vela
sobre mar aberto e sob chuva grossa
bamboleante

a poesia, uma rachadura
que deixa afluir água salgada
dentro desta flagelada embarcação

a poesia, mesmo um pequeno balde trabalhador
que infinitas vezes bebe e cospe
a líquida invasora

eu, jangadeira.

a poesia, uma casa muito ampla
estranhamente iluminada
e de escassa mobília

a poesia, uma janela sem armação
sem vidro
sem tapume
só a janela

a poesia, mesmo um buraco
na parede frontal desta residência
convidando qualquer um a adentrá-la

eu, moradora.

a poesia, uma criança muito viva
de grandes olhos
e sons que ainda não se entende

a poesia, um parto normal
de contrações e sangue
parindo-
antes da prole
a mim mesma como potência de outras vidas

a poesia, mesmo uma gravidez insuspeita
que resulta mais da revelação
que do sexo

eu, mãe.

deusa-átomo

ela me amou e o mundo se fez
o olhar dela incidindo sobre mim
foi o início da criação
de tudo
foi a fagulha da vida como conhecemos

desde o dia em que ela me amou
desse primeiro segundo em que ela me olhou
e também me enxergou
tornei-me sagrada
central
flamejante

nossa casa
todas as galáxias comprimidas
em 60 metros quadrados
é um altar
recebo flores, promessas e cafuné:
tudo de que uma deusa pequena como eu precisa

sendo tão amada
vivendo tão segura
desconfiei

e seus olhos refletiram, confirmando:
tornei-me mais negra

minha pele reavivou a cor
que gera
e alimenta
todas as cores

melanina universal:
matéria escura de tudo que já foi criado
ou um dia
ainda será.

frestas

escrevo um poema há séculos
ruminado dentro das cabaças invisíveis
que carrego na linha dos olhos
nas dobras dos dedos
nas costas que mal denunciam a idade que têm

escrevo um poema há séculos
desde o útero de alguma ancestral minha
em África
que não me conheceu
mesmo tendo me parido
não me embalou
mas herdou-me tesouros medulares

escreverei o mesmo poema por outros séculos
e provavelmente me recusarei a dá-lo por concluído

este poema em perene devir
é do meu próprio corpo uma vital porção
só tem chance de existir à contraluz
de forma escassa
despontando, teimoso, por entre brechas

não sobreviveria se pronto:
separado de mim, é indefeso ao punhal do mundo

criança interior

minha criança interior
tem me pedido calma
e eu dei:
sempre dou tudo que ela pede

não nego doce
boneca
álbum de fotos
lápis de cor

não nego nada pois devo tudo

se hoje sou arranha-céu
é porque minha criança sempre foi alicerce

culpa desse amor

esse amor tem me roubado
a necessidade de viver irada
e cotidianamente me destrói
o medo de estar livre

esse amor tem me cerceado
o direito de estar quebrada
tem me ferido fundo
o desejo de odiar a todos

esse amor tem me violentado
o impulso de não me perdoar
e contra a minha vontade
inocula genuína alegria em meus dias

sou irreconhecivelmente serena
lamentavelmente afortunada

sou maior e mais luminosa
por culpa e crime desse amor.

meu regato desaguou no rio

à Lara de Paula, uma braçada
da mesma água dourada que sou

aguinha pouca, de sentido inusitado
na dúvida entre correr e empoçar
aflita em possuir a força do mar
era, porém, só um humilde regato

aguinha tão pequenina, tão acanhada
desejava-se funda para caber muita gente
queria-se constante para liquidar toda sede
mas qualquer gole grande lhe reduziria a nada

aguinha intermitente, seguindo seu ritual
sua vida toda buscando o oceano
preocupada em ressequir-se por engano
num susto, encontrou uma porção de água colossal

ao fim da busca, meu regato desaguou no rio
abandonei o antigo medo da secura
hoje sou água de banhar e beber com fartura
fluir junto de mãe Oxum é meu novo feitio

[posfácio]

sou uma mulher que acaba de ser incendiada
por um fogo inextinguível

Há experiências de leitura que são como mergulhos. Outras, como batismos. Após descer à hidrosfera amniótica deste *o que há de autêntico em uma mãe inventada*, meu ser renasceu em glória. Eu, leitora, fui transformada e quedei-me sem nome. Fui adquirindo adjetivos e pronomes à medida que li as palavras que Oluwa Seyi tracejou, gestou e pariu. Tornei-me descendente de seus múltiplos significados. Não me espantaria me olhar no espelho e perceber que agora me chamo *desejo* ou *flâmula*.

Encontrei-me com este livro ao sol do meio-dia, em uma chuva de folhas, enquanto meu útero se descamava. Estou sangrando no primeiro dia, com cólica, e uma borboleta amarela me rodeia. Sei o seu e o meu porquês. Meu corpo conversa com o ventre poético da autora, aos sussurros. Nossos não filhos brincam como irmãos em lagoas mornas, num imenso nada, envoltos em poeira cósmica. Lá, encontram-se também os livros à espera das mãos maternais de Oluwa — e são tantos. Eu também os anseio e faço de mim o ninho confortável de uma comadre devota.

Penso estar na companhia de um dos exemplares mais bonitos dos que já foram escritos. Ou do melhor exemplar que eu poderia escrever, se fosse uma poeta mais especializada do que realmente sou, se fosse essa autora que escreve o primeiro livro como se concedesse vida à centésima de suas criações. Seus versos são reencarnados de nossas mais velhas, não há dúvidas. Neles, presentifica-se cada divindade. Através deles, dizem as mulheres que jamais ousaram abrir a boca. Digo eu, quando não sei ou não posso dizer nada.

Aqui, inauguraram-se caminhos. Generosa, a autora compartilha conosco o segredo das semeadoras, da sementeira e da semeadura. Revela-nos uma forma inédita de escrever e, por consequência, leva-nos a ler como nunca havíamos lido. Sua autodoação, de corpo e alma, vai nos transfundindo o conhecimento poético encontrado em suas ruínas e fósseis que, por sua vez, formam uma crítica literária e uma poeta singular. Juntas, a crítica e a poeta, por meio de Mãe Oxum, nos perpassam de uma só vez.

É a escrita magistral de Oluwa Seyi, uma anamnese de si e do mundo, que faz dissipar as fronteiras entre universal e particular, pois a mulher sensível é também uma cientista da palavra. E que ela o saiba: todo o autêntico mosaico inventado por essa Mãe é um filho (Amiri, Ashanti, Safiya, Rakim) absurdamente deslumbrante, para quem dou o meu colo (e meus marejados olhos) para sempre.

Zainne Lima da Silva

Poeta e prosadora. Graduada em Letras pela USP. Autora de *Pequenas ficções de memória* (2018), *Canções para desacordar os homens* (2020) e *Pedra sobre pedra* (2020). Está publicada em diversas revistas e coletâneas literárias.

■ primeira edição
■ outubro de 2022